Victor Wyss

Ueber das Vorkommen carcinomatöser Erkrankungen im bernischen Amtsbezirk Laufen

Antigonos

Victor Wyss

Ueber das Vorkommen carcinomatöser Erkrankungen im bernischen Amtsbezirk Laufen

Unveränderter Nachdruck der Originalausgabe von 1875.

1. Auflage 2024 | ISBN: 978-3-38635-130-0

Antigonos Verlag ist ein Imprint der Outlook Verlagsgesellschaft mbH.

Verlag: Outlook Verlag GmbH, Zeilweg 44, 60439 Frankfurt, Deutschland, info@outlook-verlag.de
Vertretungsberechtigt: E. Roepke, Zeilweg 44, 60439 Frankfurt, Deutschland
Druck: Libri Plureos GmbH, Friedensallee 273, 22763 Hamburg, Deutschland

Ueber das Vorkommen

arcinomatöser Erkrankungen

im bernischen Amtsbezirk Laufen.

INAUGURAL-DISSERTATION

von

Victor Wyss

von Solothurn, Arzt in Laufen.

VORGELEGT

der medizinischen Fakultät Bern.

von derselben genehmigt im November
1875.

DEKAN: PROF. Dr. KOCHER.

Dem Herrn

Dr. F. Conrad,

Privatdozent in Bern

in alter Freundschaft gewidmet

vom

Verfasser.

———

Vorwort.

Beim Abgange von der Universität Bern, im Sommer
70, nach bestandenem mündlichen und schriftlichen Exa-
n zur Erlangung der Doktorwürde unter dem Dekanate
 Herrn Professor C. Emmert, war es mir nicht mehr
glich, die Dissertation an die Hand zu nehmen. Der
ben entbrannte deutsch-französische Krieg rief uns junge
zte an die Gränzen des Vaterlandes.

Verschiedene Umstände nöthigten mich, unmittelbar
h Entlassung aus dem Militärdienst sofort in die ärzt-
ie Landpraxis zu treten, so dass mir wiederum der Weg
geschnitten war, unter der Aegide eines geehrten Herrn
irers ein Dissertationsthema zu bearbeiten. Sah mich
shalb in den Fall versetzt, auf eigene Faust aus den Er-
rungen, die ich in meiner Praxis seit Herbst 1870 bis
ujahr 1875 gemacht, Stoff zu einer Dissertation zu
iffen.

Benütze diesen Anlass, wenn auch etwas spät, meinen
ehrten Lehrern der medizinischen Fakultät in Bern zu
ken für das Wohlwollen, mit welchem sie mir während
ner Studienzeit begegnet sind.

Laufen, im Juli 1875.

Viktor Wyss, Arzt.

Einleitung.

Die Veranlassung dieses Thema zu bearbeiten gab
die Wahrnehmung, dass im Verlauf der letzten Jahre
rankungen an Carcinom im Amtsbezirk Laufen viel häufi-
beobachtet wurden als früher, wo dieselben, nach Aus-
e zuverlässiger älterer Leute, zu den grössten Seltenheiten
örten.

Die 5 Jahre ärztlicher Praxis in dieser Gegend haben
persönlich eine verhältnissmässig sehr grosse Zahl unter
cinom zu rubricirende Krankheitsfälle zur Anschauung
racht.

Hoffte zugleich einen kleinen Beitrag zu leisten zur
tistik über das Vorkommen carcinomatöser Erkrankungen
rhaupt.

Mein Bestreben ging stets dahin, in jedem speziellen
l auf das Genaueste nach ätiologischen Momenten zu
chen und mir, sofern immer möglich, ein klares Bild
r Entstehungsursache zu verschaffen.

Hierbei leiteten mich besonders folgende Punkte über
iologie und Vorkommen carcinomatöser Erkrankungen:

1) Aetiologische Bedeutung des Geschlechtes. Das
nliche Geschlecht disponirt zu Geschwulsterkrankung
rhaupt mehr als das weibliche. Während Männer dem
cinoma ventriculi bedeutend mehr unterworfen sind als
iber, prävalirt bei Letztern die carcinomatöse Lokalisation
Brust und Uterus.

2) Das Lebenalter ist von grösster Bedeutung das Vorkommen des Carcinoms. Unter 20 Jahren kon Carcinom höchst selten vor. Bis zum 70. Jahr scheint Krankheit an Häufigkeit zuzunehmen. Namentlich die J 50 bis 70 liefern ein grosses Contingent.

3) Endemische Verhältnisse scheinen da und dort Vorkommen des Magencarcinoms zu begünstigen. Für dere Geschwulstformen, z. B. Struma ist jedenfalls der weis hiefür leichter beizubringen.

4) Die Nahrung, schwer verdauliche Mehlspeisen, herrschend vegetabilische Kost, sodann namentlich der mässige Genuss von sauern Weinen, üben offenbar ihre n theiligen Einflüsse auf Erkrankung des Magens aus.

Gerade bei alten Säufern ist Carcinoma ventriculi neswegs eine Seltenheit. Genuss schlechter Spirituosen, mentlich in den nüchternen Magen, wird vielfach als legenheitsursache angegeben.

5) Inwiefern deprimirende Gemüthsaffekte, also l veneinflüsse, bei Entstehung von Carcinom in Betracht k men, ist schwer zu entscheiden. Vielfach wird von Patienten, die ja für die Entstehung einer jeden Krank eine Ursache aufzufinden wissen, irgend ein Aerger, K mer, Unglück etc. als ursächliches Moment citirt. V mehr Gewicht ist jedenfalls

6) der Heredität zuzuschreiben. In manchen F lien scheint Carcinom wirklich hereditär zu sein. A dings sind die Beobachtungen selten, dass in einer Fan Carcinome zu wiederholten Malen auftraten. Immerhin fert uns die Erfahrung unumstössliche Beweise.

7) Lokale Gelegenheitsursachen bei schon vorhand Prädisposition werden reichlich angegeben. In erster I sind es lokale Reize die für Carcinoma mammæ et uteri oft erwähnt werden (Stoss, Schlag, allzuhäufiger Coi ebenso Verletzungen oder Reizungen längst bestehender schwülste anderer Natur. Vollständig Gewicht auf sc

gaben zu legen ist jedenfalls ebenso gewagt, als Carci-
i bei Trinkern einzig und allein dem Abusus Spirituos
:hreiben zu wollen.

8) Die socialen Verhältnisse berücksichtigend, findet
n, entgegen vielfachen Annahmen, dass die höheren Stände
hr mit Carcinom bedacht seien, eine sicherlich nicht un-
:entliche Zahl bei der durchaus nicht wohlhabenden Be-
:erung.

Von diesen Gesichtspunkten ausgehend, habe ich die
ammenstellung der in den letzten 5 Jahren an Carcinom
storbenen unternommen.

Die sub. 8 citirten socialen Verhältnisse nöthigen mich,
ge Bemerkungen über die Bevölkerung des Laufenthales
:ufügen.

Der grösste Theil der Bewohner der 11 Gemeinden
Amtsbezirkes gehört der ackerbautreibenden Classe an.
anderer nicht unbedeutender Theil, namentlich Laufen, Dit-
;en, Röschenz und Brislach anlangend, beschäftigt sich mit
nhauerarbeit. Grellingen, Duggingen und Nenzlingen lie-
uns ein ansehnliches Contingent Fabrikarbeiter. In sehr
en Ortschaften finden wir die weibliche Bevölkerung mit
berei beschäftigt.

Mangel an Eisenbahnen eröffnet den Männern, namentlich
waldreichen Gemeinden, deren Zahl im Amtsbezirk kei-
wegs gering zu nennen ist, in Form von Holztransport
: reiche Einnahmsquelle, setzt hingegen manch kräftig
vickelten Körper den Strapazen und Unbilden der Wit-
ng auf die nachtheiligste und die Gesundheit unter-
)ende Weise aus und bietet dem · Flüssigkeiten bedürf-
n Magen die schönste Gelegenheit, sich im Vertragen
Nichtvertragen der verschiedensten Wein- und Spiri-
:ensorten zu üben und schliesslich einem schleichenden
len zu erliegen.

Mangel an Verkehr und an Fabrikation bedingen
iesiger Gegend einen Zustand, den man durchaus nicht

Armuth nennen kann, sondern vielmehr als denjenigen
zeichnen muss, bei dessen Vorhandensein der Mensch
so viel erwirbt, als er zu seinem Fortkommen nothwe
hat. Dieser Zustand reflektirt sich am auffallendsten
Wohnung und Nahrung der Bevölkerung. Erstere tr
wir grösstentheils in nicht gerade erfreulichem Zust
Niedere, finstere Zimmer, schlecht ventilirbar, Stallunge
unmittelbarer Nähe der feuchten Wohnungen, gehören
der nicht zu den seltenen Erscheinungen. Beinebens ges
schreiben wir das so häufige Vorkommen scrophulöser
krankungen hauptsächlich diesen letztgenannten Umstär
zu. Namentlich ist es das in einem Thalkessel liege
Dorf Dittingen, das ein grosses Contingent scrophulöser
den, namentlich der Augen aufweist.

Eingewurzelte Vorurtheile gegen die vernünftig
hygienischen Anordnungen bieten da und dort dem A
der das Gemeinwohl zunächst vorzüglich im Auge bel
die unangenehmsten Complikationen in seiner Thätigl

Den zweiten Punkt anlangend, nämlich die Nahr
finden wir vorzugsweise die vegetabilische Ernährungsw
Wie bei der Landbevölkerung überhaupt, so gehört auch
die Fleischspeise, abgerechnet das Schweinefleisch, zu
selten gesehenen Leckerbissen.

Von grossem Interesse sind für unsere Betrachtun
die flüssigen Nutrientien. Das angränzende Elsass li
uns seine Weine in den verschiedensten Qualitäten. Ael
Personen können sich mit den allmälig zu Ehren g
genen Waadtländerweinen nimmermehr vertraut machen.
Bierconsum hat in den leszten Jahren wesentlich zu
nommen.

Nach diesen einleitenden Bemerkungen halte icl
im Interesse der Sache für angezeigt, als I. Theil eine
bellarische Uebersicht der vom 1. Januar 1870 bis 1.
nuar 1875 verzeichneten Todesfälle folgen zu lassen.

I. Mortalitätsverhältnisse

in den einzelnen Gemeinden von 1870—1874.

---

1. Blauen. (Einwohnerzahl: 325.)

Zahl der Todesfälle:

70:	1 Kind,	2	Männer,	4	Weiber.	Summa	7	—	2,1%.
71:	6 „	3	„	3	„	„	12	—	3,6%.
72:	4 „	—	„	2	„	„	6	—	1,8%·
73:	4 „	2	„	3	„	„	9	—	2,7%.
74:	5 „	1	„	6	„	„	12	—	3,6%.
Total 20	„	8	„	18	„	„	46. —		

2. Brislach. (Einwohnerzahl: 400.)

Zahl der Todesfälle:

70:	3 Kinder	2	Männer	6	Weiber.	Summa	11	—	2,7%
71:	5 „	1	„	6	„	„	12	—	2,9%
72:	5 „	2	„	—	„	„	7	—	1,7%
73:	5 „	1	„	1	„	„	7	—	1,7%
74:	1 „	4	„	2	„	„	7	—	1,7%
Total 19	„	10	„	15	„	„	44. —		

3. Burg. (Einwohnerzahl: 216.)

Zahl der Todesfälle:

1870	7 Kinder	3 Männer	8 Weiber.	Summa	18 —	8,
1871	4 „	— „	3 „	„	7 —	3,
1872	1 „	3 „	3 „	„	7 —	3,
1873	10 „	1 „	2 „	„	13 —	6,
1874	2 „	1 „	2 „	„	5 —	2,
Total	24 „	8 „	18 „	„	50. —	

4. Dittingen. (Einwohnerzahl: 355.)

Zahl der Todesfälle:

1870	4 Kinder	4 Männer	5 Weiber.	Summa	13 —	3,
1871	1 „	3 „	1 „	„	5 —	1,
1872	2 „	3 „	— „	„	5 —	1,
1873	3 „	1 „	2 „	„	6 —	1,
1874	3 „	3 „	4 „	„	10 —	2,
Total	13 „	14 „	12 „	„	39. —	

5. Duggingen. (Einwohnerzahl: 419.)

Zahl der Todesfälle:

1870	4 Kinder	3 Männer	1 Weiber.	Summa	8 —	1,
1871	3 „	— „	3 „	„	6 —	1,
1872	4 „	4 „	1 „	„	9 —	2,
1873	2 „	4 „	4 „	„	10 —	2,
1874	4 „	— „	5 „	„	9 —	2,
Total	17 „	11 „	14 „	„	42. —	

Grellingen. (Einwohnerzahl: 816.)

Zahl der Todesfälle:

8 Kinder 9 Männer 5 Weiber.	Summa 22	—	2,6%
10 „ 4 „ 3 „	„ 17	—	2,0 „
21 „ 8 „ 9 „	„ 38	—	4,6 „
13 „ 7 „ 2 „	„ 22	—	2,6 „
12 „ 5 „ 6 „	„ 23	—	2,8 „
64 „ 33 „ 25 „	„ 122.	—	

Laufen-Zwingen (eine Kirchgemeinde).
(Einwohnerzahl: 1600—1700.)

Zahl der Todesfälle:

18 Kinder 12 Männer 11 Weiber.	Summa 41	—	2,5%
31 „ 13 „ 15 „	„ 59	—	3,7 „
16 „ 15 „ 11 „	„ 42	—	2,6 „
19 „ 10 „ 7 „	„ 36	—	2,2 „
13 „ 18 „ 5 „	„ 36	—	2,2 „
97 „ 68 „ 49 „	„ 214.	—	

Liesberg. (Einwohnerzahl: 585.)

Zahl der Todesfälle:

7 Kinder 5 Männer 3 Weiber.	Summa 15	—	2,5%
6 „ 1 „ 3 „	„ 10	—	1,7 „
11 „ 4 „ 6 „	„ 21	—	3,5 „
4 „ 4 „ 2 „	„ 10	—	1,7 „
8 „ 5 „ 2 „	„ 15	—	2,5 „
36 „ 10 „ 16 „	„ 71.	—	

9. Nenzlingen. (Einwohnerzahl: 185.)

Zahl der Todesfälle:

1870	3 Kinder	5 Männer	3 Weiber.	Summa 11	—	5,9
1871	3 „	2 „	— „	„	5 —	2,7
1872	1 „	2 „	2 „	„	5 —	2,7
1873	3 „	— „	2 „	„	5 —	2,7
1874	1 „	2 „	1 „	„	4 —	2,1
Total 11	„ 11	„ 8	„	„	30. —	

10. Röschenz. (Einwohnerzahl: 502.)

Zahl der Todesfälle:

1870	3 Kinder	5 Männer	3 Weiber.	Summa 11	—	2,1
1871	1 „	5 „	2 „	„	8 —	1,5
1872	1 „	3 „	5 „	„	9 —	1,7
1873	2 „	4 „	2 „	„	8 —	1,5
1874	2 „	2 „	3 „	„	7 —	1,3
Total 9	„ 19	„ 15	„	„	43. —	

11. Wahlen. (Einwohnerzahl: 288.)

Zahl der Todesfälle:

1870	1 Kinder	2 Männer	2 Weiber.	Summa 5	—	1,7
1871	2 „	2 „	2 „	„	6 —	2,0
1872	3 „	2 „	3 „	„	8 —	2,8
1873	4 „	2 „	— „	„	6 —	2,0
1874	3 „	1 „	2 „	„	6 —	2,0
Total 13	„ 9	„ 9	„	„	31. —	

Zusammenstellung

er Todesfälle vom Januar 1870 bis Januar 1875.

icinde	Kinder	Männer	Weiber	Summa
n	20	8	18	46
.ch	19	10	15	44
	24	8	18	50
igen	13	14	12	39
ingen	17	11	14	42
ngen	64	33	25	122
n-Zwingen	97	68	49	214
erg	36	19	16	71
ingen	11	11	8	30
ienz	9	19	15	43
en	13	9	9	31
mma:	323	210	199	732

II.

orkommen krebsiger Erkrankungen

in den einzelnen Gemeinden.

Bevor ich zur Aufzählung der einzelnen Fälle über-
erlaube ich mir einige Bemerkungen zu machen über
Modus, wie mir dieselben zur Kenntniss gekommen.

An Hand eines Todtenverzeichnisses begab ich n
von Ort zu Ort ünd forschte bei zuverläsigen Personen,
weit immer möglich, nach allfällig bekannten Todesursac
wobei ich das Hauptgewicht natürlich auf etwa noch im
dächtniss vorhandene Aeusserungen des behandelnden Ai
legte. Zur Erforschung ätiologischer Momente, und um
überhaupt ein Bild von dem individuellen Fall zu scha
wandte ich mich an die Angehörigen oder besten Beka
ten. Wo möglich, und in Fällen, die mir nicht aus eige
Anschauung bekannt waren, versäumte ich nicht zur Sicl
stellung der Diagnose meine Herren Collegen, in deren
handlung die Betreffenden gestanden, um Auskunft ai
gehen.

Mehrere noch lebende Patienten untersuchte ich
Verlaufe der letzten Wochen persönlich, andere, bei
Verstorbene sind mir aus eigener Erfahrung bekannt.

Um dem verehrten Leser ein Bild zu bieten, wie
unserer Landpraxis derartige Krankheiten ungefähr zur
handlung kommen, werde ich in Folgendem, bei Besch
bung einiger mir genauer bekannten Fälle etwas weiter
holen.

Bei Aufzählung der Fälle werde ich nach dem al
betischen Verzeichniss die Ortschaften verfolgen und i
an die Volkszählung vom Jahr 1870 halten.

Im Verlauf der letzten Jahre hat die Bevölkerui
zahl in den meisten Dörfern unwesentliche Veränderua
erlitten. Die an der im Bau befindlichen Jurabahn g
genen hingegen, namentlich der Fabrikort Grellingen
der Bezirksort Laufen wiesen das letzte Jahr eine wesi
liche Vermehrung auf, bestehend vorzüglich aus Eisenba
arbeitern französicher und italienischer Herkunft.

———

1. Blauen.

Das Bergdörfchen Blauen, mit 325 Einwohnern, auf
ɴ prächtigen Plateau am Fusse des Blauenberges, be-
die schönste Fernsicht sämmtlicher Ortschaften des Bezirks.
 st mit Brunnen reichlich versehen und vor rauhen Nord-
ɘn durch den Blauenberg geschützt. Ein ziemlich steil
igender alter Fahrweg führt die Bewohner Blauens in
 halben Stunde von der Landstrasse Laufen-Zwingen
re, von Obstbäumen bekränzte Ortschaft. Die von Osten
Südwest herkommenden Winde streichen ohne Hinderniss
die Ebene hinweg.

Im Allgemeinen ist der Gesundheitszustand dieses
befriedigend. Allerdings kamen mir im Verlaufe von
Jahren einige Fälle von Tuberculose zu Gesichte. Hin-
ı sind mir keine endemischen Krankheiten bekannt.
tbeschäftigung der Blauener ist Landwirthschaft, da-
ı wird da und dort Drechslerei getrieben.

1) Die erste, in die Epoche von 1870—1874 fallende
ınkung an Carcinom betrifft eine noch lebende, 45
 alte Frau F. geb. S. Stammt von ganz gesunden
ı, die an Altersschwäche gestorben. Vor circa 15
n wurde sie von einem Stier gegen die linke Brust
ssen, was sie stets verheimlichte. Nach und nach be-
ɘ sie, dass dieselbe härter und grösser wurde. End-
ah sie sich genöthigt, einen Arzt zu consultiren und
in R. Die Krankheit wurde für Carcinom erklärt und
bald darauf die Operation glücklich statt. Ohne ir-
eine Veranlassung beobachtete F. im Winter 1872
er andern Seite die gleiche Erscheinung. Dies Mal
 sie rascher Hülfe und wurde wiederum in R. mit
ı Erfolg operirt.

Frau F. ist mütterlicherseits mit der sub Liesberg 3

an Carcin. mammæ verstorbenen Frau A. geb. S. zie?
nahe verwandt.

Fast könnte man Zweifel aufkommen lassen, ob es
in diesem Fall nicht um Sarcom gehandelt: Alter der Pa?
tin, die umschriebene Geschwulst (die Achseldrüsen soll?
beiden Malen nicht betheiligt gewesen sein), der vora?
gangene lokale Reiz. Allerdings kommt Mamma-C?
nom, wenn auch höchst selten, vor, ohne die Ax?
drüsen in Mitleidenschaft zu ziehen.

Halte mich an die Aussage des behandelnden A?
und rechne den Fall zu Brustkrebs.

2) H. B. 47 Jahre alt, ledig. Jhr Vater star?
45 Jahre alt an Apoplexie, die Mutter in hohem ?
an Brustwassersucht.

Von ihren beiden Brüdern ist der eine circa 35?
andere 25 Jahre alt an Abzehrung gestorben, ebenso
Bruder ihrer Mutter. Sie selbst litt in frühern Jahre?
an Chlorose.

Im April 1873 führten sie sehr häufig auftret?
Krämpfe im Unterleib in meine Behandlung. Bereits?
eine Geschwulst im Unterleib wahrnehmbar, in Verbin?
mit Hydrops. Vermuthete sogleich, ich könnte es mit?
cinom zu thun haben. Indem es mir jedoch nicht mö?
war den Sitz der Krankheit zu finden, so schickte ich
Kranke zu Collega W. in R., der mir mittheilte, es sei?
ebenfalls unmöglich zu entscheiden, namentlich bei ?
schon vorhandenen Ascites, ob der Sitz des Carcinom
der Leber oder im Netz zu suchen sei. Die Hauptk?
zeichen des Lebercarcinoms: fühlbare Knollen auf der L?
Schmerz der Leber, Krebsmarasmus und Icterus waren nur?
Theil vorhanden. Der Schmerz erstreckte sich mehr auf
ganzen Unterleib. Die charakteristische, gradatim zunehm?
Abmagerung durch Anæmie und die glanzlose, welke ??
waren schon um diese Zeit sehr prägnant ausgesproc?

Habe dann die Kranke lange nicht mehr gesehen,
h vor einigen Wochen erfuhr, Herr Collega H. in B.
die Punctio abdom. gemacht. Ich wandte mich so-
hriftlich an denselben und ersuchte ihn um seine An-
über diesen Krankheitsfall, worauf mir mithgetheilt
, dass den 20. April d. Jahres durch die Punktion
12—14 ℔ eiterige, schwarzblutige stinkende Jauche
rt wurde. „Nach der Entleerung,“ fährt Collega fort,
nun das Grundübel erst wahrzunehmen: Eine harte,
ige Krebsmasse, die sich von der Herzgrube bis ge-
ie falschen Rippen beider Seiten und unter die Nabel-
l erstreckte. Die ausgeleerte Masse war also Pro-
der Geschwärbildung des Carcinoms. Ob dieses an
eber, dem Mesenterium, der Milz oder dem Magen
hen, konnte bei dem grossen Umfang desselben nicht
elt werden.“

Gestützt auf diesen Bericht besuchte ich die Patientin
htlich, Anfangs Juni. Sie war nicht bettlägerig. Die
Extremitäten, die nach ihrer Aussage vor der Punk-
deutend geschwollen waren, zeigten keine hydropischen
inungen mehr. Der Unterleib hingegen war wieder
g ausgedehnt und zwar in einem Umfang von 116
Ueberall Dämpfung, nirgends eine Geschwulst durch-
n. Patientin ist darauf vorbereitet, nächstens wie-
punktirt zu werden.

Eine Entstehungsursache ist ihr gänzlich unbekannt,
kennt sie in ihrer nähern und weitern Verwandt-
keine ähnliche Krankheit.

Einige Tage vor Abschluss meiner Arbeit wurde ich
h zu B. gerufen, zum Zwecke die Punktion vorzu-
. Jch entleerte 7½ Maas dünnflüssige bräunliche
keit. Nach dem Entleeren fand ich ebenfalls die
höckerige Masse, die ich jedoch vorzüglich in der
egend ausgesprochen beobachtete, so dass ich keinen
d nehme, diesen Fall unter Lebercarcinom zu rubri-

Burg.

Burg zählt 216 Einwohner, die sich theils mit La[ndwirthschaft, theils mit Bürstenfabrikation und Drechsl[erei] beschäftigen. Dies Dorf, an der äussersten Gränze [des] Kantons, an Solothurn und Elsass anstossend, ist du[rch] einen mässig hohen Berg vom eigentlichen Laufenthal [ge]trennt. An einen Bergabhang angebaut, fehlt ein g[utes] Trinkwasser das ganze Jahr hindurch nie. Burg gilt [für] eine gesunde Ortschaft und besitzt allein in dieser Geg[end] eine Badeanstalt, am Abhange des Burgberges gelegen, we[lche] im Rufe steht, heilsam gegen Lähmungen, Rheumatisi[mus] etc. zu wirken.

Endemische Krankheiten sind gänzlich unbeka[nnt.]

Carcinom wurde in diesem Dorfe längere Zeit n[icht] mehr beobachtet, bis im

1) Jahr 1872 Frau H., 62 Jahre alt, verheirathet, [eine] sonst völlig gesunde Person, deren Eltern an Altersschwä[che] gestorben, an Lebercarcinom starb. Im Dezember 1[871] trat sie zuerst klagend auf und zwar über Schmerzen der rechten Seite.

Bei völliger Appetitlosigkeit magerte die Kranke z[um] Skelett ab, bis sie Mitte April 1872 marantisch zu Gru[nde] ging. Der behandelnde Arzt W. in R. erklärte mir, sie h[abe] an Carcinom des linken Leberlappens gelitten.

2) Der zweite Fall trifft die 58 Jahre alte Frau [,] aus dem Elsass stammend. Dieselbe war ungefähr 30 J[ahre] lang kränklich, an Kopfschmerz und ·Husten viel leid[end.] Letzteren will sie in Folge Wassertrinkens aus einem G[ra]ben erhalten haben. Hydrops als Folgeerscheinung des Leb[er]leidens machte ihrem Leben ein Ende. Die Eltern der V[er]storbenen sollen stets gesund gewesen sein.

Uebermässiges Tanzen und genanntes Wassertrinken
en nach der Meinung des noch lebenden Mannes den
m zur Krankheit gelegt. Hereditæres nicht bekannt.

Herr Collega W. in R. erklärte mir, es habe sich um
Carcin. medull. hepatis gehandelt. —

Brislach.

Diese Ortschaft, 400 Einwohner enthaltend, liegt in
ι fruchtbaren Lüsselthal, in unmittelbarer Nähe des so-
urnischen Bezirksortes Breitenbach. Landbau ist beinahe
schliessliche Beschäftigung der Brislacher. Habe nie ir-
l welche endemische Krankheiten beobachten können, es
en denn die nicht gar selten vorkommenden Drüsenan-
vellungen, auf scrophulöser Basis beruhend.

Trotz genauen Nachforschens habe ich keinen Fall car-
ιmatöser Degeneration aufgefunden, der in die Zeit
n würde, innerhalb welcher sich meine Zusammenstel-
ι bewegt.

Dittingen.

10 Minuten unterhalb Laufen zieht sich von der Landstrasse ab nach Norden ein enges Thal gegen den Blauenberg
hin. Rings umgeben von mässig hohen waldreichen Ber-
gen und Hochplateaus trifft man, ungefähr 10 Minuten von
der Strasse Laufen-Zwingen entfernt, das 355 Seelen zählende Dorf Dittingen. Gerade hier, dem Sitze scrophulöser
Leiden, finden sich durchschnittlich sehr schlechte Wohnungen. Landarbeit und Steinhauerei sind die Hauptbeschäftigung der Dittinger. Daneben beschäftigt sich eine
ziemliche Anzahl Männer mit Nagelfabrikation. Die weibliche Bevölkerung, die eine nicht unbedeutende Zahl Chlo-
rotischer aufweist, findet ab und zu ihr Auskommen in We-
berei und Seidenputzen.

Dittingen hat eine Morbilität, die bedeutend höher
zu taxiren ist, als diejenige der meisten andern Ortschaften.

Schnapsgenuss fehlt auch hier nicht, ohne dass desshalb das Dorf geradezu in üblem Rufe steht. Immerhin
soll, wie mir letzter Tage aus zuverlässiger Quelle mitge-
theilt worden, zeitweise massenhaft Gebranntes importirt
werden.

Von den in Dittingen vorgekommenen Fällen sind mir
3 aus eigener Beobachtung bekannt, nämlich

1) N. J., geboren im Jahr 1824, verheirathet, ein
stark gebauter Mann, Steinhauer, unter günstigen ökono-
mischen Verhältnissen lebend. Sein Vater litt viel an Harn-
beschwerden, so dass er lange Zeit katheterisirt werden
musste. Derselbe starb jedoch, wie auch die Mutter, an
Altersschwäche.

N. J. hatte die letzten Jahre viel über Magenbeschwerden und Durchfall zu klagen. In Folge Ueberanstrengung
wurde er, wenigstens seiner Meinung nach, durch heftiges
Bluterbrechen überrascht, welches sich später wiederholte.

Allmälig entwickelte sich ein leicht zu diagnostiziren-
s Carcin. hepat. mit folgendem Hydrops. J. wurde 4
al punktirt, bis er endlich den 20. Juli 1873 seinen Lei-
n erlag.

Als Dauer der eigentlichen Krankheit, die mit hefti-
n Krämpfen in der Leber- und Magengegend begann,
st sich annähernd ein Jahr bestimmen.

J. war nie Potator, trank mässig guten Wein und
r im Rufe eines soliden Mannes. Seine Krankheit schrieb
einem Aerger zu. Hereditæres konnte nicht nachgewiesen
rden.

2) P. H. geboren 1826, verheirathet, Weber von Pro-
sion, mit doppelten Leistenhernien behaftet, hatte in frü-
n Jahren chronische, von Zeit zu Zeit mit Blut unter-
schte Diarrhœ und war seither nie recht gesund.
Hatte viel mit Lungenkatarrh zu thun, der reichlich
swurf zu Tage förderte. Längere Zeit vor Beginn der
zten Krankheit hatte Patient auf Genuss von Nahrung
s ein Gefühl von Aufgeblähtsein, zu dem sich bald
merz in der Nabelgegend hinzugesellte und Stuhlver-
tung. Anfangs Winter 1873 machte sich in der Ma-
grube eine harte Geschwulst deutlich fühlbar. Collega
in R., der consultirt wurde, stimmte mit meiner Dia-
se überein. 14 Tage vor dem Tode, der Ende Februar
4 eintrat, wurde massenhaft erbrochen. Die Nahrung
de leicht geschluckt, aber sofort wieder erbrochen. Die
ten 4 Tage beobachtete die Umgebung des Kranken
nflüssiges schwarzes Erbrechen. Nachdem sich noch
hlich Hydrops, namentlich Anasarka gebildet, erlag H.
en Leiden (Carc. ventr.)

Die Familie H. soll überhaupt viel kranke Glieder auf-
iesen haben, ohne dass ich gerade einen Fall hätte aus-
ig machen können, der in Beziehung stände zu der Er-
kung des Verstorbenen. Er selbst trug Jahre lang ein
nerei grosses Lipom neben dem rechten Auge mit sich
m. Sein Vater lebt noch. Die Mutter soll an Kurz-

athmigkeit gestorben sein. Aetiologische Momente wuss
H. nicht anzugeben.

3) M. J., Wittwe, 75 Jahre alt, von schwächlich
Constitution, blind. Mutter an Altersschwäche, Vater
Typhus gestorben. Sie selbst machte in frühern Jahren
Blattern mit, und trug bedeutende Cornea-Flecken davo
Gänzliche Erblindung trat vor ca. 10 Jahren ein. Habe
Kranke die letzten Wochen zum ersten Mal untersuch
Die schwächliche kleine Person will an dem noch vorha
denen rechten Auge, das reichlich mit Hornhautflecken ve
sehen ist, noch einen leichten Lichtschimmer wahrnehme
Das linke Auge fehlt. Denn vom äussern Augenwink
zieht sich ein höchst übelriechendes, circa $1/_2$ Zoll tief
Geschwür, mit speckigem Grund, bis zur Mitte des Nase
rückens und zum gleichseitigen Nasenloche hin. Das Au
ist gänzlich zerstört, ebenso die linksseitige Nasenhälf

Sämmtliche Aerzte, die die Frau bis jetzt consulti
hatten die Krankheit, wie sie mir mittheilte, für krebsi
Natur gehalten (Cancroid).

Als Entstehungsursache gab Patientin mir Folgend
an: Vor ca. 20 Jahren sei sie von einem Huhn, das
auf den Armen trug, neben dem linken Auge leicht verlet
worden. Aus dieser Verletzung habe sich bald ein übelau
sehendes Geschwürchen mit Kruste gebildet. Dr. W.
R., den sie consultirt, habe ihr dasselbe gänzlich gehei
Nicht gar lange nachher jedoch sei es wieder aufgebroch
und habe immer mehr um sich gegriffen, bis das Auge ve
loren gegangen und der gegenwärtige Zustand sich geb
det. Als junge Person habe sie meist sehr anstrengen
und schmutzige Arbeiten zu verrichten gehabt.

Jhres Vaters Schwester soll nach ihrer Aussage an
nem Arme ein ähnliches Geschwür gehabt haben. Ueb
diese Familie ist ungefähr das Nämliche bekannt. wie üb
diejenige des sub 2 citirten Falles.

Duggingen.

In sehr schöner Lage am Fusse eines Rebberges ge-
n, schliesst dies 419 Einwohner zählende Dorf den Amts-
rk im Osten ab. Seine Bewohner beschäftigen sich so-
l mit Landwirthschaft, als auch mit Rebbau. Die jüngere
ölkerung hingegen findet in nicht unwesentlicher Anzahl
Auskommen in den Fabriken des nahe gelegenen Grel-
en und Angenstein. Auch Duggingen leidet nie Man-
an gutem Trinkwasser und weist eine sehr günstige Mor-
ätsstatistik auf. Kenne keinerlei endemische Krankheiten
dieser Ortschaft. Konnte auch keinen Fall krebsiger
hkheiten ausfindig machen.

Grellingen.

Eigentlicher Fabrikort, in dem daselbst sehr engen
e unmittelbar an der Birs. Laut Volkszählung blos 816
ohner zählend, hat sich im Verlauf der Eisenbahnbauten
Bevölkerungszahl wesentlich vermehrt. Auch hier wird
ebe bebaut. Der grösste Theil der jüngern Generation
rt der Fabrikbevölkerung an. Der Schnapsgenuss treibt
die schönsten Blüthen. Offenbar in Folge höchst man-
ft construirter Aborte ist Typhus in Grellingen beinahe
misch.

Seit längster Zeit wurde daselbst nie eine Carcinom-
nkung beobachtet, bis vor 4 Jahren eine 51 Jahre
L. H. aus R. Kt. Aargau, verheirathet, an Carcinom
starb, behandelt von Collega L., der mir einige An-
t machte.

H. war circa 28 Jahre lang verheirathet, Tı
kerin, welch' letzerem Umstand ihr Mann die Ursa
der Krankheit zuschrieb. Im Jahr 1859 hatte sie zum le
ten Mal geboren und zwar Zwillinge. Sie hatte viel
Menstruationsstörungen gelitten. Eigentlich krank war
$1^{1}/_{2}$ Jahre lang. Hereditæres über diesen Fall ist nicht
ermitteln.

Laufen-Zwingen.

Diese beiden politisch gesonderten Gemeinden bil
seit längster Zeit eine Kirchgemeinde und repräsentiren e
Bevölkerungszahl von durchschnittlich 1600—1700 Seel
Während früher genannte Ortschaften eigentlich gar ni
im Laufenthal als solchem gelegen sind, treffen wir
wohl Laufen als das $^{1}/_{2}$ Stunde weiter unten gelegene Zw
gen an die Birs selbst gebaut. Die Bevölkerung Lauf
findet ihren Erwerb, wie schon oben angedeutet, zu ein
nicht geringen Theil in den in unmittelbarer Nähe
Städtchens gelegenen Steinbrüchen. Der übrige Theil tre
fast ausschliesslich Landwirthschaft.

Zwingen sendet ein unbedeutendes Contingent in
Fabriken nach Grellingen. Hauptbeschäftigung ist Ackerb

Im Allgemeinen ist der Gesundheitszustand in beic
Ortschaften ein ganz günstiger zu nennen. Der hohe P
zentansatz aus der Mortalitätsstatistik von 1870 und 18
basirt vorzüglich auf einer Blatternepidemie, welche Lau
um diese Zeit durchgemacht. Während Zwingen im So
mer und Herbst 1874 eine kleine Typhus-Epidemie üb
standen, kam letztgenannte Krankheit in Laufen zeitwei
mehr sporadisch vor. Die Epidemie in Zwingen ist gew
nicht der ungünstigen Bodenbeschaffenheit zuzuschreib

.ern beruht auf direkter Uebertragung in Folge man-
after Befolgung der Verordnungen.

Tuberculosis gehört in diesen zwei Gemeinden zu den
.nheiten. Endemische Krankheiten sind nicht bekannt.

Der erste Fall von Carcinom aus dem Jahr 1870 kam
nicht mehr zu Gesichte. Meine Bemerkungen stützen
auf die Angaben der Angehörigen.

1) G. S. 58 Jahre alt, Schneider von Profession, verhei-
et, stammt von ganz gesunden Eltern und war früher
gesund. — S. soll eine auffallende Vorliebe zu stark
.zenen Speisen an den Tag gelegt haben. Sein ge-
.liches Getränk waren billige Elsässerweine. Neben sei-
Schneiderei versah S. auch Botendienst in das 1½
.den von Laufen entfernte Dorf L., wobei ihm hinläng-
Gelegenheit geboten war, dem Gläschen zuzusprechen.

Im Winter 1869 auf 1870 erkrankte der kräftig ge-
.e Mann ohne bekannte Veranlassung an Magenbeschwer-
. Appetitlosigkeit, Abmagerung, Erbrechen von weissem
.im und baldiges Heraufbefördern der eingeführten Nah-
.smittel waren die hauptsächlichsten Erscheinungen, wel-
.die Umgebung wahrnahm. Im Sommer 1870 erlag S.
.n Leiden. Nach Aussage des behandelnden Arztes litt
.Kranke an Magenkrebs, der am Mageneingang seinen
.hatte. Autopsie fand nicht statt.

2) Der erste Fall, den ich in Laufen selbst in Be·
.lung bekam, betrifft den 62 Jahre alten A. J., eben-
.Schneider von Profession, verheirathet. J. soll in sei-
.frühern Jahren stets gesund, auch nie Potator gewesen
Wie mir alte Bekannte des Betreffenden versicherten,
.e J. ein sehr geregeltes Leben, trank wenig alten El-
.wein und leicht gebrannte Wasser. Hereditæres konnte
.icht eruiren. Die Krankheit begann schon im Ver-
.des Jahres 1869 mit Appetitlosigkeit und Abmage-
. Schon frühzeitig wurde dünnflüssige Nahrung zum
.rfniss, indem feste Speisen nur mit ausserordentlichem

Würgen in den Magen befördert werden konnten. Im N
vember 1870 kam Patient in meine Behandlung. Dersel
war zum Skelett abgemagert und von höchst lästigem chr
nischem Bronchialkatarrh geplagt. Aetiologische Momer
betreffs seiner Krankheit konnte er mir nicht angebe
Fleischbrühe und starke alte Weine, mit welchen Patie
sein Leben fristete, liessen beim Heruntersteigen am unte
Theil des Sternums ein auch dem Kranken deutlich wal
nehmbares Geräusch vernehmen. Der grösste Theil dies
dünnflüssigen Nahrung wurde bald wieder unter heftige
Würgen heraufbefördert. Den 4. Dezember erlag J. sein
lästigen Krankheit. Die Sektion wurde nicht gestattet. C
fenbar handelte es sich um Strictur der Cardia, hervorg
bracht durch carcinomatöse Degeneration.

3) Der dritte Fall bezieht sich auf J. B., 65 Jah
alt, Mühlemacher, verheirathet. Hatte in seiner frühen J
gend im Allgemeinen eine schlechte Kost. Litt nach
gener Aussage um diese Zeit viel Hunger. Als schwäc
licher junger Mann durchreiste B. als Mühlemacher
Schweiz. Litt nun viel an Nasenbluten und hatte viel M
genbeschwerden in Folge übermässiger Säureentwicklur
Mit seinem 27. Jahre kehrte B. in die Heimath zurü
Von hier an nährte sich B. meist mit Kaffee und trank mä
sig Wein.

Im August 1871 will er einen bedeutenden Aerg
gehabt und von da an beinahe nach jeder Mahlzeit Magc
säure bekommen haben, oft in bedeutenden Quantität
welche dann, mit Nahrung untermischt, ausgebrochen wur
Litt meist an Stuhlverstopfung, welche oft 10 Tage la
anhielt, worauf dann wurmförmgie Fæces entleert wurd
Später trat Diarrhœ ein, nach Aussage des Kranken in Fol
Genuss von Fleischbrühe, die von ungesundem Fleisch he
rührte. Die Darmentleerung, welche sich täglich 3—4 M
wiederholte, förderte übelriechende bräunliche Flüssigkeit
Tage und brachte die Kräfte des Patienten bedeutend he
unter. Von Neujahr 1872 an konnten feste Speisen n
mit gewaltiger Anstrengung hinuntergewürgt werden. Füh

am besten bei Genuss von Kaffee. Klagte sehr viel
furchtbaren Druck nach dem Essen, der sich nament-
in der Nabelgegend und unter dem Processus xyphoi-
bemerkbar machte. Eine Geschwulst war nirgends
hzufühlen. Fühlte sich nüchtern wohl, während im Ver-
: des Nachmittags, namentlich gegen Abend, Druck und
jein im Unterleib und Blähungen sich bemerkbar mach-
Früher vielfach vorhandener Kopfschmerz verschwand
Eintritt von Stuhlgang hin.

Im Verlauf des Sommers erlag B. unter den Erschei-
ren von allgemeinem Marasmus. Leider war ich von
en abwesend, so dass die Autopsie unterblieb. Zweifle
t an der Richtigkeit der Diagnose: Carc. ventr.

Hereditære Momente sind nicht bekannt. Habe hin-
n dieser Tage vernommen, sein älterer Bruder sei ge-
ärtig mit einem ähnlichen Magenleiden behaftet. Der-
befindet sich nicht in meiner Behandlung.

4) F. B. 44 Jahre alt, Steinhauer, ledig, ein kräftiger,
er Mann, stand nie in ärztlicher Behandlung. Elsässer-
und zur Abwechslung ein Gläschen Gebranntes gehör-
zu seinen gewöhnlichen Getränken. Auch mittelst eines
es Bier suchte B. seinem Durstgefühl zuweilen Rech-
zu tragen. Von jeher soll derselbe Freund von inten-
charf gewürzten und gesalzenen Speisen gewesen sein.
Herbst 1871 fiel den Angehörigen Abmagerung auf bei
indertem Appetit. Auch das ihm zur Gewohnheit ge-
ene Rauchen wurde nicht mehr so gut wie früher ver-
n. Anfangs Winter klagte B. über Blähungen in der
engegend, Druck, Vollsein und Aufstossen. Diesen Be-
erden wurde durch reichlichen Genuss von Kamillen-
und Kümmel-Abkochung ziemlich abgeholfen.

Um diese Zeit will B. in aufgeregtem Zustand (Aer-
zwei Glas kalten Elsässerweines getrunken haben. worauf
bige Beschwerden vermehrten. Auf Genuss von Würsten,
B. Anfangs Dezember zu sich nahm, erkrankte er an
ückiger Diarrhœ, die nach Verlauf von 12 Tagen auf

Verabfolgung von aq. menth. mit Tr. opi. hin zum Stillstar
gebracht wurde. Zwei Tage nach Sistirung genannten Z
standes stellte sich Brechreiz ein, bedeutender Druck u
beengendes Vollsein im Epigastrium. Auf Gebrauch v
zwei zweigränigen Dosen Brechweinsteins, die ihm von eine
Apotheker verabreicht wurden, entleerte sich der Mageni
halt, gefolgt von einem Gefühl bedeutender Erleichterur
Zu seinem nicht geringen Erstaunen wiederholte sich d
Erbrechen den folgenden Tag zwei Mal, ebenso den zwei
folgenden Tag. Vom dritten Tag an erbrach B. gewöb
lich nur ein Mal und zwar Nachts. Dieser Zustand führ
den Kranken dahin, ärztliche Hülfe in Anspruch zu nehme
Herr Collega R., der zuerst consultirt wurde, verordne
Magnesia c. Rheo, gegen die heftig auftretenden Cardialgi
warme Aufschläge. Das Erbrechen hielt ein einzig
Mal 35 Stunden inne, worauf es sich regelmässig wiederhol
Patient scheint die ihm vorgeschriebene Diät nicht gen
beobachtet zu haben; denn er entleerte gewöhnlich a
fallend grosse Quantitäten genossener Nahrungsmittel.

Den 6. Januar wurde ich zum ersten Mal consulti
Verabreichte Eis, Opium, leichte Suppen; gegen die si
einstellende Stuhlverhaltung|Klystiere. Die Cardialgie liess
was nach. Das Erbrechen blieb einmal 45 Stunden la
aus. Bald jedoch wiederholte sich das frühere Krankhei
bild. Auch die Diätfehler liessen nicht auf sich wart
Patient glaubte sich selbst gerettet zu haben, nachdem
auf Anrathen eines Freundes, ohne ärztliche Erlaubniss,
Tropfen Ol. crot. im Eigelb zu sich genommen. Na
Verfluss von wenigen Stunden trat nämlich eine hefti
Diarrhœ ein, gefolgt von bedeutendem Erbrechen. Dies
für den Patienten an und für sich peinliche Prozedur, welc
ihn bedeutend erleichterte, stellte das Erbrechen 45 Stund
lang, worauf es sich Tags darauf mit der frühern Intens
tät wiederholte. Limonade purg. abwechselnd mit Calom
pulvern erzeugten von Zeit zu Zeit Fäckalmassen von cir
2 Zoll Länge und etwa 4 Linien Durchmesser, die wie g
dreht, wie durch eine enge Oeffnung hindurchgedrängt, au
sahen. Letzterer Umstand verleitete Collega W. zu d

nuthung, es könnte sich um eine Invagination handeln.
rere Tage lang wurden desshalb Kaltwasserinjektionen
h eine per Anum hoch hinaufgeführte Schlundsonde in
endung gebracht. Das Resultat war das nämliche, wie
enige bei der frühern Behandlung.

Anfangs Februar war es möglich durch die Bauch-
en des bedeutend abgemagerten Kranken hindurch in
Tiefe der Bauchhöhle eine Geschwulst zu fühlen, die auf
k sogleich nach links auswich. Die Geschwulst war
deutlichsten rechts vom Nabel eindringend fühlbar.

Der hartnäckigen Stuhlverstopfung wurde von Zeit zu
durch Klysmata abgeholfen, welche meist Fäckalmassen
obenbeschriebener Form zu Tage förderten. Blut war
r im Erbrochenen noch im Stuhlgang nachzuweisen.

Während B. bis jetzt seinen Mageninhalt mit Leich-
it nach oben befördert hatte, trat jetzt vor Erscheinen
lben eine längere Zeit dauernde, den Kranken erschö-
e und auf's Höchste beängstigende Uebelkeit ein.

Immer mehr drängte sich die Geschwulst, aus der
hervordringend, der Oberfläche entgegen. B. konnte
be mit den Fingern umgreifen. Er behauptete mir zu
rholten Malen, dass er den auftretenden Brechreiz durch
alten der Geschwulst aufhalten könne; sobald jedoch
Finger ermüden, und die Geschwulst, wie er sich aus-
te, auf den Magen wandere, in welchem Moment er
nn unmittelbar unter dem Nabel fühlte, dann stelle
die Uebelkeit mit folgendem Erbrechen ein.

Patient hatte zu seinem eigenen Trost die Meinung,
eschwulst bestehe aus verhärteten Kothmassen. Ein-
gen von warmem Fett und Kataplasmiren schienen ihm
eisten Erleichterung zu verschaffen.

Die kräftige Diät, die verordnet wurde, war nicht im
ntesten im Stand, dem von Tag zu Tag rapide zu-

nehmenden Verfall der Kräfte Einhalt zu thun. Der frü
so kräftige Mann war zum Skelett abgemagert.

In der letzten Woche des Monats März stellte s
ein der Umgebung des Kranken· sogleich auffallender, i
dem Munde desselben kommender Ledergeruch ein. Ol
macht folgte auf Ohnmacht. Schwarzbraune, höchst üt
riechende Flüssigkeit, untermischt mit Schleimhautparti!
chen wurde von Zeit zu Zeit heraufgewürgt. Am Ost
tag Abend halh 5 Uhr war B. eine Leiche.

Die Sektion, welche ich in Gegenwart einiger Colle{
vornahm, ergab, was wir erwarteten: ein Scirrhus an
portio pylorica des Magens von knorpelähnlicher Hä
Die krebsige Entartung ·hatte auch die benachbar
Lymphdrüsen afficirt. Infolge der bedeutenden Stenose
Pylorus (ein dünner Katheter liess sich noch durchführ
war der Magen beträchtlich dilatirt.·

Trotz allen Nachforschungen die ich angestellt, wai
mir nicht möglich, für diesen Fall ein hereditäres Mom
zu finden.

5) M. R. geb. S. Schwester des sub 2, citirten Schr
ders S., 49 Jahre alt, stets gesund, hat 9 Geburten glü
lich mitgemacht. Im Winter 1872 auf 73 will sie auf
linken Brustdrüse links unten eine kleine Verhärtung
merkt haben, die langsames Wachsthum zeigte. Nachd
verschiedene Einreibungen sich als erfolglos erwiesen, ·v
auf dringendes Anrathen von Seiten mehrerer Aerzte, .
sie consultirte, entschloss sie sich endlich zur Operati

Den 10. Mai 1873 entfernte ich die kranke Drü
die bereits in ihrer ganzen Ausdehnung in eine carcinon
töse Masse übergegangen war, mittelst des Zirkelschnitt
Die Wunde heilte sehr rasch, so dass Patientin bald e
lassen werden konnte.

Bald jedoch fing Patientin an über Appetitlosigk
und heftige Rückenschmerzen zu klagen. Auffallend fall
Aussehen. R. sah sich genöthigt wiederum zum Kranke
haus Zuflucht zu nehmen. Zu ihren frühern Beschwerd

ellte sich rasch sehr quälender Husten, verbunden mit
hst beängstigender Bangigkeit. Die Untersuchung er-
hydropischen Erguss in die linksseitige Brusthöhle. Den
Juli starb Frau R. unter den Erscheinungen hochgradiger
emnoth. Die Autopsie ergab neben dem hydropischen
uss carcinomatöse Degeneration beinahe sämmtlicher
sen, namentlich in der Achselhöhle. Beide Ovarien wa-
in harte traubige Gebilde, der Uterus in eine knollige Mas-
erwandelt. Der Prozess muss in letztgenanntem Organ
· rasch vor sich gegangen sein, denn R. war vor der
ration regelmässig menstruirt. Dieselbe datirte stetsfort
Beginn ihrer Krankheit von einem Schrecken her, wel-
n sie im Sommer 1871 beim Brande ihres Hauses er-
n. Von dort an glaubte sie Abnahme der Kräfte und
nnende Appetitlosigkeit bemerkt zu haben. Eingezoge-
Erkundigungen gemäss scheint die Grossmutter unserer
n R. und ihres sub 2 citirten Bruders ebenfalls in Folge
r ähnlichen Brustdrüsenerkrankung gestorben zu sein.

Offenbar haben wir es in diesen zwei Fällen mit he-
tæren Verhältnissen zu thun. Die Familie S. und die
hsten Anverwandten scheinen überhaupt zu Geschwulst-
ung disponirt zu sein. Es sind mir persönlich aus
er Familie mehrere Fälle von, wenn auch gutartiger, Ge-
vulstformation bekannt. Die meisten Glieder der Fa-
e S. haben fast ohne Ausnahme ein kachektisches Aus-
n.

6) J. S. von und in Zwingen, 70 Jahre alt, früher
gesund, seit 36 Jahren Wegmeister, war nie Potator.
Ausnahme eines Typhus hat S. keine Krankheit durch-
acht. Im Herbst 1870 bekam er heftige Diarrhœ ohne
nnte Veranlassung, an welcher er ärztlich behandelt
e. Appetit war stets vorhanden. War nur etwa 2 à 3
e vor seinem Ende bettlägerig. Allmälig machte sich
häckige Stuhlverstopfung bemerkbar. S. musste stetsfort
elst Laxanzen und Klystiren sich Leibesöffnung verschaf-
Letztere wurde jedoch nach und nach für den Patienten,
zusehends kraftloser und kachektischer wurde, sehr be-

schwerlich, indem, wie ich mich selbst mittelst des explo
renden kleinen Fingers überzeugen konnte, rauhe, der Inne
wand des Rectums anhaftende Massen das Lumen desselben b
auf eine ganz unbedeutende Oeffnung, welche die Spit
des kleinen Fingers nicht mehr durchliess, verschlossen. Mei
Diagnose auf Carcinoma recti wurde von einem Colleg
vollständig bestätigt.

Eine Stunde vor Eintritt des Todes, welcher im A
gust 1872 erfolgte, entleerte sich reichlich Blut per anu

Hereditæres konnte nicht ausfindig gemacht werd
S. schrieb seine Krankheit dem reichlichen Genuss kal
Milch zu.

7) G. H., ebenfalls von Zwingen, 65 Jahre alt, Lan
arbeiter, war nie krank. Zwei Geschwister sollen an Wa
sersucht gestorben sein. Vater war sehr kurzathmig.
Im Verlauf des Jahres klagte H. zeitweise über M
genschmerzen, die sich namentlich nach Frkältungen e
stellten, und durch warme Milch beseitigt werden konnt
H. war nicht eigentlicher Trinker, liebte jedoch den Schna
Hatte Vorliebe für frische Eier, mit denen er sich vorzü
lich nährte auch zur Zeit da andere Speisen nicht mehr v
tragen wurden.

Im Sommer 1870 fiel H. Aufstossen nach Genu
jeglicher Nahrung auf, bei vorhandenem Appetit. Das L
den verschlimmerte sich derart, dass er ärztliche Hülfe b
Collega L. in A. in Anspruch nehmen musste.
H. erhielt wenig Aussicht auf günstigen Ausgang
Krankheit. Der Kranke bemerkte nach und nach, dass
ihm unmöglich wurde, feste Nahrung zu geniessen. Es t
hartnäckige Stuhlverstopfung ein, bei vermindertem Appe
Bei Anlass der Gränzbesetzung im Herbst 1870 trank
bedeutend Wein und Schnaps. Auffallender Marasmus stel
sich ums Neujahr 1871 ein. Ende März erlag Patient,
in Folge Strictur am untern Ende des Oesophagus, beruhe
auf carcinomatöser Basis, äusserst wenig Nahrung mehr z
führen konnte.

In ætiologischer Hinsicht konnte ich nichts ermitteln,
ısowenig über die Krankheiten seiner an Hydrops ver-
benen Geschwister.

8) J. S. aus L., Grossherzogthum Baden, Taglöhner,
ahrealt, verheirathet, ein jähzorniger Mensch, kam 1863 nach
fen, nicht Potator. Soll von gesunden Eltern stammen.
e den Kranken, der im Januar 1871 starb und laut
sage des behandelnden Arztes S. an Carcinom des Ma-
s gelitten, erst die letzten Tage seines Lebens gesehen,
hdem bedeutender Hydrops vorhanden war. Indem seine
ehörigen seit längerer Zeit von L. abgereist, war es mir
t möglich, weder nach ætiologischen noch nach here-
ren Verhältnissen zu forschen.

Liesberg.

1½ Stunden von Laufen auf einem fruchtbaren Pla-
gelegen, zählt dieses Dorf, dessen Einwohner fast aus-
sslich Landwirthschaft treiben, laut Volkszählung 585
ohner. Der Gesundheitszustand war die Zeit hindurch,
uns beschäftigt, ein sehr günstiger. Auch hier sind
e endemischen Krankheiten bekannt. Der erste ein-
igige Fall betrifft

1) eine 62 Jahre alte C. Fr. geb. S., die im Jahre
s gestorben. Habe sie nie gesehen und stütze mich
die Aussagen ihrer nächsten Verwandten.

Dieselbe soll vor mehrern Jahren oberhalb der Nasen-
el zwischen beiden Augen, ohne äussere Gewalteinwir-
, einen braunen Flecken bekommen haben, der nach
nach um sich griff.

Patientin suchte ärztliche Hülfe in Delsberg, woselb
das krankhafte Produkt für Carcinom erklärt und exstirpi
wurde. In dieser Zeit soll sie ihre Menstruation verlor
haben. Später habe das sehr schlecht aussehende Geschw,
immer mehr um sich gegriffen und soll der Kranken (
Augen zerstört haben. Als Entstehungsursache wurde e
Schrecken genannt, den sie bei einem Hausbrand gehal
Die noch lebenden Geschwister sind völlig gesund. ‹
stammen alle von gesunden Eltern. Erbliche Anlagen sn
in der Familie S. nicht vorhanden.

2) A. M. E. von Liesberg, ledig, 46 Jahre alt, N
therin, führte stets ein armseliges Leben, lebte meist von G
müsen, liebte vorzüglich die saure Milch und war auch dem g
brannten Wasser nicht ganz abhold. Schon vor ca. 9 Jahr
klagte sie häufig über Schmerz in der rechtsseitigen Brustdrü
Um diese Zeit machte sie einen Gelenkrheumatismus dur
Nachdem längere Zeit gegen die Beschwerden in der Brust Ei.
reibungen versucht worden waren, constatirte W. in R.
Frühjahr 1872 mit Bestimmtheit carcinomatöse Degenerati
worauf hin im Mai 1872 in B. operirt wurde. E. entfer
sich vor vollständiger Heilung aus der Krankenanstalt
B. Um diese Zeit kam sie in meine Behandlung. Län
der röthlichen Narbe kleine harte Knollen in ziemlicher A
zahl. Klagte viel über Vollsein und Schmerz in der Leb
gegend. Auch der Gelenkrheumatismus stellte sich wie
ein. Colorit wurde allmälig gelblich. Patientin mage
zum Skelett ab, bis sie endlich im Monat Juli marantis
zu Grunde ging. Ich zweifelte keinen Augenblick dar
dass es sich um metastatische Ablagerung in der Leb
handelte. Die Sektion fand leider nicht statt, indem ich u
diese Zeit Geschäfte halber längere Zeit von Laufen a
wesend war.

In ätiologischer Hinsicht war nichts erhältlich, ebe
sowenig was Hæredität anbelangt.

3) A., geborene Sch., 39 Jahre alt, fühlte einige Z
nach einer im Beginn des Jahres stattgehabten Niederku

er linken Brustdrüse eine Geschwulst, derethalben sie
consultirte. Hielt dieselbe sofort für Carcinom und
fahl ihr baldige Operation, worauf sie denn auch in R.
irt wurde. Wie mir nachher ihre Angehörigen erzählten,
die Wunde später wieder auf. Nach 4 Wochen kehrte
nach Hause zurück. Nachdem da und dort consultirt
en, wurde die Kranke längere Zeit mit einer Fontanelle
Arme geplagt, wie man mir mittheilte auf Anrathen
Arztes. Bald entstand heftiger Schmerz unter der
de, wozu sich ein hartnäckiger Husten gesellte, der sie
verliess, bis im März 1873 allgemeiner Marasmus ih-
Leiden ein Ende machte.

Patientin selbst äusserte sich zu wiederholten Malen
em Sinne, als ob versetzte Milch die Krankheitsursache
sen. Hereditæres nicht bekannt.

4) J. S., 56 Jahre alt, Pfarrer, aus Graubünden, will
krank gewesen sein. Eine Schwester und die Mutter
an Auszehrung und Wassersucht gestorben. Die Mut-
ar bereits bei seiner Geburt schwer krank.

S. lebte sehr mässig, trank wenig Wein. Im Ap-
872 wurde er von mir an einem chronischen Magen-
rh behandelt. Allmälig machte sich eine kachektische,
gelbe Gesichtsfarbe bemerkbar. Im Sommer 1872 machte
he Wasserkur in Fideris mit. Kam ungebessert heim.
zeitig erschien Hydrops. Umsonst wurde die Paracen-
versucht. Auch dem reichlichen Erbrechen war nicht
lt zu thun. Laut Aussage des Arztes K. aus D., der
die letzten Monate behandelte, erlag S. einem Magen-
om mit Sitz am Pylorus.

Der Kranke schrieb sein Leiden einem Nachtrock zu,
r von einem Bekannten erhalten habe, der an der
en Krankheit gestorben.

Welche Krankheit dem Hydrops der Mutter zu Grunde
en, konnte ich nicht in Erfahrung bringen.

5) M. F., geborne F., 65 Jahre alt, noch lebend, will

ohne irgend eine Veranlassung im Verlaufe des Jahres 18
links neben der Nase eine kleine Verhärtung bekomm
haben, aus der sich später Wasser entleert habe. Na
dem der Prozess längere Zeit gleich geblieben, habe s
vor einigen Monaten die Oeffnung successive vergrössert u
seien heftige Kopfschmerzen periodisch vorhanden. V
Zeit zu Zeit stellen sich Blutungen ein. Das Geschwür l
sitzt sehr harte, röthliche Ränder und reicht bei ein
Durchmesser von 2 Cm. bis zum Auge hinauf. Besi
einen speckigen Grund und ist schmerzlos. Auf dem N
senrücken ist eine Verhärtung deutlich wahrnehmbar.

Patient kennt weder eine Entstehungsursache n
ætiologische Momente. Offenbar haben wir mit einem E
thelial-Carcinom, das sich langsam entwickelt, ähnlich d
sub Dittingen citirten, zu thun.

Nenzlingen.

Ein kleines Dörfchen mit 185 Seelen, liegt Nenzl
gen in prachtvoller Lage, ungefähr in gleicher Höhe
Blauen, ebenfalls auf einem prächtigen Plateau, umge
von fruchtbaren Aeckern und Wiesen. Seit Nenzlingen
vielen Jahren eine mörderische Typhusepidemie durch
macht sind daselbst im Allgemeinen wenig beachtenswer
Krankheitsfälle vorgekommen. Die Nenzlinger gelten,
die Blauener für ein gesundes, heiteres Völklein, das sich l
ausschliesslich mit Landwirthschaft beschäftigt. Der einz
in unsere Zeitperiode fallende Fall von Carcinom betj
den 51 Jahre alten Nagler Js. F., verheirathet, der,
ganz gesunden Eltern stammend, vorher nie krank war.

Im August 1870 klagte F. häufig über Schmerz

inken Brusthälfte. Schröpfköpfe hatten keinen Erfolg.
älig bildete sich ein höchst lästiges Magenbrennen aus,
frühzeitig Erbrechen sämmtlicher Nahrungsmittel folgte.
nt magerte rasch zum Skelett ab. Die letzten drei
len seines Lebens gesellte sich noch ein hartnäckiger
en hinzu, begleitet von einer für die Umgebung bei-
unausstehlichen Ausdünstung. Nachdem F. circa 8
bettlägerig geworden, erlag er im Verlauf des Mo-
Oktober seinen Leiden. Bluterbrechen war nie vor-
en. Soweit die Aussagen seiner noch lebenden Frau.
welcher denselben ärztlich behandelt hatte, behauptete
es habe sich um Scirrh. ventr. gehandelt.

F. war Potator, liebte vorzüglich Gebranntes. Die
he für seine Krankheit suchte Patient in dem Umstande,
er ein Jahr zuvor in betrunkenem Zustande aus Ver-
ein Glas voll Petroleum getrunken habe. Nachdem
erliche Angst und Gefühl von Zerspringen des Leibes
Minuten denselben geplagt, habe sich das Genossene
r nach oben entleert und sei Diarrhœ eingetreten.

Der Vollständigkeit halber erlaube ich mir noch 3
e Fälle zu erwähnen, die allerdings nicht in die Zeit
870—74 fallen, hingegen doch von Interesse sind.

Im Winter 1869 starb nämlich im gleichen Haus,
es unser F. bewohnte, sein Cousin, Jh. F. B. 57 Jahre
hne dass ätiologische Momente bekannt waren, eben-
in Magencarcinom.

Im Jahr 1861 erlag J. B., Bannwarts, 54 Jahre alt,
Aussage des behandelnden Arztes Sch. der nämlichen
heit. B. war Schnapser. Wenn auch nicht so nahe
h. F. war derselbe doch ein Verwandter von Js. und
enfalls ganz kurze Zeit mit seinem Leiden behaftet ge-
sein.

Ganz entfernt verwandt war Jh. F. Krusis, welcher
44 Jahre alt auch an Carcinom ventr. zu Grunde ge-
sei. Derselbe war ebenfalls Potator; hatte jedoch

Vorliebe zum Wein. Es scheint dem Gesagten zu Folge
der Familie F. in der That eine Disposition zu dieser Kran
heit vorhanden zu sein. Inwiefern eine frühere Generati
damit zu schaffen gehabt, konnte ich nicht ermitteln.

Röschenz.

Eine kleine halbe Stunde von Laufen entfernt li
dies Dorf, wie die beiden vorhergehenden, nicht im Th
drunten, sondern auf der mit Wiesen und Obstbäumen ؛
zierten Hochebene. Röschenz ist den Winden vorzügl
exponirt. Der durch das Lützelthal daherbrausende We
wind bricht gerade an diesem Dorfe seine Macht, bevor
in das eigentliche Laufenthal eindringt. In nächster U
gebung von Laufen weist kein Dorf die grosse Morbili
auf wie Röschenz. Jeden Herbst und jeden Winter tre
sporadisch Typhusfälle auf. Pnemnouie gehört auch ni
zu den Seltenheiten. Auffallend gross ist daselbst die L
position zu Zahncaries. Tuberculosis gehört hingegen
den grössten Seltenheiten. Andere endemische Krankhei
sind nicht bekannt.

1) Der erste im Jahr 1870 vorgekommene Fall, f
in die Zeit vor meiner Anwesenheit in Laufen. Verda
die Angabe über denselben seinem noch lebendem Soh

J. K., Schuster und Landwirth, 68 Jahre alt, war
Trinker. Seine Eltern waren stets gesund. Seit längst
Gedenken des Sohnes jedoch litt er viel an Magenbeschw
den und Schmerzen im Rücken. Medizinirte leidenschi
lich. K. war ein etwas jähzorniger Mann. Sein gewö
liches Getränk war ein Glas guten Elsässers.

Im Verlauf des Jahres 1868 bemerkte die Umgebi
von K. auffallende Abmagerung und Verfall der Kräfte,

selben allmälig arbeitsunfähig machte. Vom Herbst 1869
war Patient recht schwer krank, bis er im April 1870
seinen Leiden erlöst wurde.

Klagte sehr viel über Schmerz in der Magengegend
Stuhlverhaltung. Das Erbrechen, das die letzten Mo-
auftrat, stellte sich gewöhnlich ¼ oft bis 2 Stunden
Genuss von Nahrung ein. Der behandeinde Arzt W.
ärte die Krankheit für Scirrhus ventric.

K. gab nie eine Gelegenheitsursache für sein Leiden
Hereditæres konnte ich nichts ausfindig machen.

2) Wittwe S. geb. K., 67 Jahre alt, die früher stets
und, klagte im Frühjahr 1869 viel über Appetitlosigkeit,
rmsein und Athemnoth. Bald erfolgte periodisches Er-
hen. Zugleich acquirirte sich S. einen höchst lästigen
genkatarrh. Die Nahrung verweilte bis eine Stunde lang
Magen, worauf sie dann reichlich heraufbefördert wurde.
viel an Stuhlverstopfung. Unabhängig vom Erbrechen
Nahrung entleerte sie vielfach bläulichen Schleim. Un-
hydropischen Erscheinungen erlag die Kranke im Monat
1870. Entstehungsursache soll Kummer gewesen sein,
sie namentlich einige Zeit vor Auftreten der Krankheit
bt habe. Sie trank wenig guten alten Weines.

Der behandelnde Arzt erklärte, sie sei an Magenkrebs
orben.

3) F. X. W., 59 Jahre alt, ledig, nie krank, Fuhr-
n. Mit dem 30. Jahr wurde W. ein leidenschaftlicher
apstrinker, ohne jedoch dem Wein abhold zu sein.

Im Winter 1872 klagte er viel über Rückenschmerz
Blähungen. Auffallend gelbes Colorit der Haut. An-
s 1873 wurde W. bettlägerig und kam in meine Be-
lung. Ausgesprochenes Lebercarcinom. Patient inte-
rte sich lebhaft um die auch für ihn deutlich fühlbaren
len in dem Organ. Nach und nach stellte sich Hy-
s ein. Es sei ihm als würde ein Reif ganz fest um
n Leib gezogen, war seine gewöhnliche Klage. Dane-

ben äusserte er fürchterliche Beängstigung, in Folge de
er wenig bettlägerig war, von der er Anfangs März erl[
wurde.

Die Autopsie rechtfertigte meine Diagnose vollständ
Die Angehörigen W's schreiben die Krankheit dem üb
mässigen Schnapsgenuss zu. Laut Aussage W's Mutter ε
ihr Vater, der Potator gewesen, an einer ähnlichen unh[
baren Krankheit gestorben sein.

4) J. H. von Burg, Schuster, seit ca. 2—3 Jah[
in Röschenz niedergelassen, 55 Jahre alt. Vater an Alte
schwäche gestorben. Ueber die Mutter konnte ich nic[
erfahren. Seine Frau soll kurze Zeit, nachdem er sich
R. niedergelassen, in Folge von Geschwülsten, die s[
in der Kopfhaut gebildet und aufgebrochen, gestorben s[
Er selbst war nie krank, bis zum Frühjahr 1872, da
häufig sich wiederholende Magenbeschwerden dem Arzt
führten. Die Krankheit verschlimmerte sich von Tag
Tag derart, dass H. um Eintritt in das neu eröffnete Kr[
kenhaus zu Laufen nachsuchte. Den 10. Mai wurde d
selbe aufgenommen. Der zum Skelett abgemagerte, kach
tisch aussehende Patient entwickelte einen auffallend st
ken Geruch aus dem Munde, zeigte stark belegte Zunge ι
klagte namentlich über cardialgische Beschwerden. Aet[
logische Momente wusste H., der stets ein solides Lel[
geführt, nicht anzugeben.

Bald stellte sich Erbrechen ein, anfänglich ein Mal[
24 Stunden und zwar meistens Nachts. Rechts vom [
bel bildete sich allmälig eine deutlich fühlbare, faustgro[
bewegliche Geschwulst. Das Erbrechen mehrte sich ι
der Verlauf der Krankheit bot im Allgemeinen sehr [
Aehnlichkeit mit dem sub Laufen Nr. 4 erwähnten Fall [
Die Sektion, die den 11. Juni stattfand, förderte d[
auch das Nämliche zu Tage, nämlich einen am Pylor[
Theil des Magens aufsitzenden knorpelharten Scirrhus.

5) J. K. von M. Baden, Knecht, 60 Jahre alt,

n sollen an Altersschwäche gestorben sein. Er selbst
auch stets gesund. Vor ca. 4 Jahren bemerkte K. in
Nähe des rechten Mundwinkels eine leichte Excoriation,
eicht blutete. Im Dezember 1871 consultirte mich K.
tzte die krankhafte Stelle mit Lapis und untersagte dem
nschaftlichen Raucher die Pfeife. Wie Patient mir
r mittheilte, war die Wunde gänzlich zugeheilt. Circa
ahr später kam wieder die nämliche Erscheinung zu
. K. consultirte da und dort, rauchte immerfort seine
: und kam endlich im August 1874 um Aufnahme in
res Krankenhaus ein. Ein Carcinom der Unterlippe
bereits einen grossen Theil der rechten Gesichtshälfte
rt und war in die Tiefe gedrungen.

Ich sandte den Kranken nach Basel, woselbst er ope-
nd den 28. März dies Jahr entlassen wurde.

Als Entstehungsursache gibt K. Unreinlichkeit an. Er
viel mit Pferden zu schaffen gehabt, die an Fesselaus-
g gelitten (Mauken) und bei diesem Anlass habe er
Pfeife und seine Unterlippe verunreinigt und letztere
t.

6) N. geboren 1812, Drechsler, stammt von Eltern, die
n Engbrüstigkeit gelitten. Er selbst war nie krank.
a. 30 Jahren will er über der Nasenwurzel eine circa
nstück grosse indurirte Excoriation gehabt haben. Er
dieselbe mit Scheidewasser, worauf eine wunde Stelle
ildete, die nicht heilen wollte. Ein Quaksalber in R.
ngere Zeit Salben ohne Erfolg. Nachdem endlich ein
consultirt worden, schien die Sache sich zu bessern.
Unvorsichtigkeit wurde das in Heilung begriffene Ge-
r wieder stark gereizt. Es stellten sich Blutungen ein.
lig gangränescirte das Geschwür in die Tiefe und bil-
inen kraterförmigen Defekt und zerstörte den Knochen
die Nähe der dura mater.

Im Sommer 1873 hörte die Sekretion aus dem Ge-
einige Zeit gänzlich auf, während dessen Patient leb-
elirirte. Sobald die Sekretion wieder anfing, ver-
iden auch die Delirien.

N. befindet sich gegenwärtig relativ recht wohl u
behilft sich seit längster Zeit mit einer „Wundersalbe" ¿
Frankfurt. Der Kranke kennt hereditære Ursachen für sein
Epithelialkrebs nicht.

Anhangsweise und zur Vervollständigung führe i
noch zwei Fälle an, die ein Jahr vor der Zeit, in der \
uns bewegen, in Röschenz Aufsehen erregten. Es betrifft d

1) F. B., Landmann, 59 Jahre alt, ein gesunder kr¿
tiger Mann. War nie Potator. Trank sein Glas gut
Elsässerweines. Circa 1866 fing B. an zu kränkeln. Na
Genuss von neuem Elsässer klagte er über ein eigenthür
liches Kältegefühl im Magen, Stechen im Rücken und unt
den Achseln. B. wurde um diese Zeit bereits ärztlich b
handelt an Magenkatarrh bei befriedigendem Appetit. St¢
fort quälte ihn das Kältegefühl. Gegen Januar 1867 i
den Angehörigen auf, dass B. jedesmal nach Genuss v
Nahrung schleimige Massen expektorirte.

Im Sommer 1867 konnten bereits feste Speisen r
unter heftigem Würgen in den Magen befördert werd
Die behandelnden Aerzte diagnosticirten bereits um di
Zeit eine anatomische Veränderung im Mageneingang.

Patient verschlang massenhaft weissen Zucker u
liebte daneben vorzüglich schwarzen Kaffee mit Kirschwass
Ausser Stuhlverhaltung belästigte den Kranken namentl
ein von der Herzgrube in den Rücken sich ziehender h
tiger Schmerz.

Längere Zeit wurde der immer mehr verfallende h
tient mit relativ gutem Erfolg mit frischen Molken genä¡
Im Verlauf des Winters 1868 auf 1869 stellten sich hä¡
Krämpfe im Unterleib ein; das Erbrechen von meist blau
Schleim mehrte sich. Das kachektische Aussehen und ¡
Verfall der Kräfte nahmen mehr und mehr zu, bis endl
im Januar 1869 Exitus letalis eintrat.

Der bläuliche Schleim, welchen Patient in den Spu
napf erbrochen, wurde meist auf den beim Hause befi

n Mist geleert. Um diese Zeit bemerkten die Ange-
en, dass die Fresslust der Hühner auffallend abge-
nen. Die Untersuchung dieser Thiere, die sich meist
genanntem Mist herumgetummelt, ergab, dass sich
dreien derselben massenhaft Geschwülste auf der Zunge
in der Schleimhaut der Speiseröhre gebildet hatten. Es
nahe, zu vermuthen, dass dieselben von dem auf dem
befindlichen Schleim genossen hatten.

2) J. K., 73 Jahre alt, ebenfalls Landarbeiter, wel-
wie der Vorige in sehr guten œkonomischen Verhält-
n lebte, hat seit vielen Jahren verschiedene Krankhei-
durchgemacht. Soll unter Anderm mit Schleimfieber
zu schaffen gehabt haben. Auch hydropische Erschei-
en seien an den untern Extremitäten schon früher auf-
ten, jedoch wieder verschwunden. Die letzten Jahre
e K. viel über Magenschmerzen, welche ihn nöthigten,
ehr geregeltes Leben zu führen. Er trank mässig gu-
lten Wein. Im Sommer 1869 trank K. in Folge hef-
Durstes nach einem Spaziergang eine ziemlich grosse
tität kalten Wassers, was er sonst gar nicht gewohnt
Unmittelbar nachher will er lästiges Aufstossen be-
haben, dem gleichen Tages Erbrechen der Nahrung
. Letzteres wiederholte sich zeitweise, so dass Patient
he Hülfe requirirte. Das Genossene, das mit Leich-
t in den Magen befördert werden konnte, blieb mei-
ganz kurze Zeit daselbst. Der Kranke soll nie Blut
hen, hingegen mit dem Stuhlgang, der gewöhnlich
st Klystiren herbeigeführt werden musste, kaffeesatz-
he Massen verloren haben.

Die behandelnden Aerzte behaupteten der noch leben-
Wittwe, welche mir obige Mittheilung gemacht, ihr
, der im November gleichen Jahres (1869) gestorben,
an Carcinom am Magenausgang gelitten.
Hereditæres konnte ich nicht erfahren.

Wahlen.

Die Bevölkerung dieses 288 Seelen zählenden Dorf
nährt sich meist aus dem Ertrage des von ihr bebaut
fruchtbaren Landes. Eine ziemliche Anzahl Männer a
beitet in den Steinbrüchen von Laufen. Die nahe geleg
nen Juraberge' liefern dem Dorfe reichlich vortrefflich
Trinkwasser. Wie in den meisten Ortschaften unserer G
gend findet man auch hier wenig Sinn für gesunde, rei
liche Wohnung und für Reinhalten der Umgebung der G
bäude und der Strassen. Gebrannte Wasser gehören d
selbst keineswegs zu den verachteten Getränken.

Wahlen besitzt einen sehr günstigen Gesundheitsz
stand. Weder epidemische noch endemische Krankheit
sind die letzten Jahre daselbst beobachtet worden; ebens
wenig ein Fall von carcinomatöser Degeneration. Mei
Herren Collegen konnten mir nichts Einschlagendes m
theilen.

III. Schlussbetrachtungen.

Vergleichen wir nun die Zahl der in den einzelnen
einden beobachteten Fälle krebsiger Erkrankungen mit
daselbst vorgekommenen Todesfällen, so kommen wir
olgendem Resultat:

lauen	mit 46	Todesfällen hat	2	Carcin.	=	4,3%
urg	„ 50	„	„ 2	„	=	4,0%
ittingen	„ 39	„	„ 3	„	=	7,6%
rellingen	„ 122	„	„ 1	„	=	0,8%
aufen-Zwg.	„ 214	„	„ 8	„	=	3,7%
iesberg	„ 71	„	„ 5	„	=	7,0%
enzlingen	„ 30	„	„ 1	„	=	3,3%
öschenz	„ 43	„	„ 6	„	=	13,9%

Summa 615 Todesfälle   28 Carcinomfälle.

Anm. Die in Röschenz und Nenzlingen vor 1870 vorgekom-
und beschriebenen Fälle sind nicht mitgezählt.

Vertheilung nach dem Geschlecht:

16 Männer, 12 Weiber, wovon

verheirathet:

12 Männer, 10 Weiber

ledig:

4 Männer, 2 Weiber.

Die Kranken nach dem Alter:

0—40 Jahren	Männer	—	Weiber	1	Total	1
0—50	„	„ 3	„	4	„	7
0—60	„	„ 7	„	2	„	9
0—70	„	„ 5	„	4	„	9
0—80	„	„ 1	„	1	„	2

Summa 16   12   28

Die Kranken nach den Gewerben:

Männer:

Schneider 2. Schuster 2. Drechsler 1. Fuhrmann
Knecht 1. Landmann 1. Mühlemacher 1. Nagler
Pfarrer 1. Steinhauer 2. Taglöhner 1. Weber 1. W
meister 1.

Weiber:

Hausfrauen 8. Ohne Beruf 2. Landarbeit. 1. Nätherin

In der Einleitung zur Bearbeitung meines The
habe ich mehrere Punkte erwähnt, die mich bei Erforscl
der Krankheitsfälle leiteten. Betrachten wir nun, inwic
dieselben auf unsere Fälle Anwendung finden.

1) Aetiologische Bedeutung des Geschlechtes:
Verlauf der letzten 5 Jahre sind, wie wir gesehen, 16 Mä(
und 12 Weiber an Carcinom erkrankt, also im Verhäl(
von 4 : 3. Somit prävalirte das männliche Geschlecht)
$\frac{1}{4}$. Carcinoma .ventric. prävalirte, wie Geschwulstbil(
überhaupt, bei den Männern, nämlich 12 Fälle, während)
bei Weibern häufiger vorkommende Lokalisation an I(
4 Mal und an Uterus ein Mal wahrgenommen wurde. (

Lebercarcinom befiel 2 Männer und 3 Weiber; (
cinom an Gesicht und Kopf, das sonst mehr bei Män(
beobachtet wird, 2 Männer, 3 Weiber. Das Re(
wurde einmal bei einem Manne afficirt.

2) Das Lebensalter: Die Jahre 50 bis 70 lief(
das grösste Contingent. Bis 50 nahm die Häufigkei(
Erkrankung zu, nach 70 wieder ab. Das Epithelialcarci(
das meist bei ältern Leuten aufzutreten pflegt, hatte 5(
serer Patienten befallen, von denen keiner unter 60 J(
zählte.

3) Endemische Verhältnisse: Röschenz mit seiner
:sen Morbilität und Dittingen mit seinen so häufig auf-
:nden Erkrankungen scrophulöser Natur, liefern verhält-
mässig viele Fälle. Inwiefern endemische Einflüsse hier-
in Betracht kommen, kann ich nicht entscheiden.

4) Die Nahrung: Vielfach wurden übermässiger Ge-
; geistiger Getränke, Schnapsgenuss, Genuss für den Ma-
gänzlich unpassender Flüssigkeit (Petroleum), Trinken
'olge Aergers als Gelegenheitsursachen angegeben. Es
: jedoch schwer halten, hieraus mit Sicherheit die ur-
lichen Momente ableiten zu wollen.

5) Deprimirende Gemüthsaffekte: Auf die nämlichen
vierigkeiten stossen wir auch bei diesem Punkt. Ob
mer oder Schreck, wie uns von einigen Patienten in
r Treue erzählt worden, im Stande sind, Carcinom zu
1, ist sicherlich ebenso unwahrscheinlich als wie über-
siges Tanzen und der Genuss von Wasser aus einem
ben Magenkrebs erzeugen kann.

6) Hereditæt: Soviel Gewicht im Allgemeinen hierauf
gt wird, so war mir, in Anbetracht der geringen Zahl
Fälle, nicht möglich Wesentliches hierüber zu Tage zu
rn. Allerdings finden wir in der sub Laufen citirten
ilie S., in welcher Geschwulstbildung vielfach beobachtet
le, einige Fälle von Carcinom (2 Geschwister und Grosser). Frau A. geb. S. von Dittingen ist mütterlicher-
verwandt, wie wir gesehen, mit Frau S. in Blauen.

Die unter Nenzlingen citirten Fälle, von denen 3 vor
)) vorgekommen, deuten sicherlich auf hereditære Mo-
te hin.

H. B. in Blauen, mit Carc. hepat. behaftet, verlor die
sten Verwandten an Tuberculosis.

Die beiden bei Dittingen erwähnten Familien liefern
khafte Glieder in grosser Zahl, ohne dass mir geradezu
ich gewesen wäre, mit Ausnahme des einen citirten
s (Arm), Etwas über Krebs zu erhalten.

7) Lokale Gelegenheitsursachen fehlten ebenfalls u⌐
namentlich wurde uns mehrfach Reizung schon besteher
Geschwülste oder Geschwüre erwähnt (Dittingen, Liesb
Röschenz).

Indem wir es hier mit einer Bevölkerung zu t
haben, die weder wohlhabend noch bedürftig zu nennen
so können wir betreffs

8) die socialen Verhältnisse nur das früher Beme
wiederholen, dass sich Carcinom in nicht unwesentlicher ⌐
bei der durchaus nicht wohlhabenden Bevölkerung fin

Werfen wir einen Blick auf diese 8 Punkte, so n
sen wir immerhin zur Ueberzeugung kommen, dass am ⌐
sten, wenn nicht einzig, auf hereditære Verhältnisse bei
forschung der Entstehungsursache von Carcinom Gewich
legen ist. Freilich ist die Zahl der citirten Fälle eine
ringe, bietet jedoch des Beachtenswerthen genug.

Zum Schluss noch einige Bemerkungen über die D
der Krankheiten.

Das Epithelialcarcinom im Gesicht hatte die läi.
Dauer. N. in Röschenz will schon gegen 30 Jahre
mit seinem Leiden behaftet sein. Wittwe M. J. b⌐
ihr Geschwür wenigstens schon 10 Jahre lang. K. i⌐
laborirt schon 4 Jahre an Cancroid.

Magencarcinom bot viel kürzere Dauer dar. Wi⌐
den Schwankungen zwischen wenigen Monaten (3, 4) ⌐
bis 1½ Jahr. Leberkrebs varirte in seiner Zeitdauer
schen 6, 8 Monaten und 2 Jahren. Brustcarcinom
in einem Fall eine sehr kurze Dauer (Blauen), in a⌐
bis ein Jahr. Carcinom des Mastdarms tödtete den ⌐
Zwingen erwähnten S. nach beinahe 2jähriger Dauer. ⌐

Frau H. in Grellingen erlag ihrem Uterus-Car⌐
nach einem 1½ Jahre dauernden Leiden.

LAUFEN
Vonburg'sche Buchdruckerei.
1875.